Johann Friedrich August von Esmarch

Bemerkungen zur künstlichen Blutleere

Johann Friedrich August von Esmarch

Bemerkungen zur künstlichen Blutleere

Unveränderter Nachdruck der Originalausgabe von 1875.

1. Auflage 2024 | ISBN: 978-3-38640-003-9

Antigonos Verlag ist ein Imprint der Outlook Verlagsgesellschaft mbH.

Verlag: Outlook Verlag GmbH, Zeilweg 44, 60439 Frankfurt, Deutschland
Vertretungsberechtigt: E. Roepke, Zeilweg 44, 60439 Frankfurt, Deutschland
Druck: Libri Plureos GmbH, Friedensallee 273, 22763 Hamburg, Deutschland

IV.

Bemerkungen zur künstlichen Blutleere.

Von
Prof. Dr. F. Esmarch *).

(Hierzu Taf. I, II.)

M. H.! Wenn ich heute schon zum dritten Male das Wort über dasselbe Thema ergreife, so bitte ich Sie, das entschuldigen zu wollen mit meiner Ueberzeugung, dass für das Gelingen vieler grosser und kleiner Operationen die Blutersparung und die Blutleere des Operationsfeldes von der allergrössten Bedeutung ist. Ich möchte Ihnen heute zunächst einige Erfahrungen mittheilen, welche zeigen, dass in Fällen, wo die Verhältnisse eine Benutzung der blutlosen Methode auf den ersten Blick unthunlich erscheinen lassen, es dennoch gelingen kann durch gewisse Modificationen des Verfahrens dieselbe mit vollem Erfolge zur Anwendung zu bringen.

In meinem vorjährigen Vortrage hatte ich erwähnt, dass auch bei Exarticulationen des Oberarmes aus dem Schultergelenk sich der elastische Schlauch sehr wohl zur Abschnürung der Arterie verwenden lassen, und hatte dabei folgenden Fall im Auge: Ein kräftiger Arbeiter, welcher durch Zusammenstürzen eines Gerüstes eine schwere complicirte Fractur des Oberarmes im oberen Drittheil erlitten hatte, wurde conservativ behandelt, als am Ende der dritten Woche plötzlich eine furchtbar heftige Blutung aus der ulcerirten Art. brachialis auftrat und die sofortige Exarticu-

---

*) Vortrag, gehalten in der 1. Sitzung des IV. Congresses der Deutschen Gesellschaft für Chirurgie zu Berlin, am 7. April 1875.

lation des Armes nothwendig machte. Ein gut geschulter Wärter, der sich in der Nähe des Patienten befand, als die Blutung begann, löste rasch einen Gummischlauch, welcher zur Contraextension bei einem in der Nähe liegenden Falle von Coxitis diente, wickelte denselben einige Male fest um die Schulter herum und knüpfte die Enden, nachdem er sie oberhalb des Acromion gekreuzt, unter der Achsel der gesunden Seite zusammen. Die Blutung stand sogleich, der Kranke wurde auf den Operationstisch gelegt und ich entschloss mich sofort zur Exarticulation des Oberarmes, weil die Splitterung des Knochens bis nahe an den Gelenkkopf sich erstreckte. Als die Chloroformirung begann, bemerkte ich, dass das Ende des Schlauches, welches vorn über die Brust geführt war, die Athembewegungen sehr behinderte. Ich löste deshalb den Knoten, kreuzte die Enden hinten auf dem Schulterblatte, schlang sie von hinten her um die gesunde Schulter und knotete sie vor derselben zusammen. Ich machte dann einen einzeitigen Zirkelabschnitt oberhalb der Wunde und exarticulirte das obere Fragment des Humerus erst, nachdem ich alle Gefässe unterbunden und dann die Weichtheile vorn bis in's Gelenk hinauf gespalten hatte. Während der Operation verlor der Patient fast keinen Tropfen Bluts, natürlich mit Ausnahme dessen, was sich noch in der abgeschnürten Extremität befand. Die Heilung erfolgte ohne irgend eine erhebliche Störung.

Bald darauf kam in meine Klinik ein 50jähr. Arbeiter, der, wie diese Abbildung (Fig. 1) zeigt, eine kindskopfgrosse Geschwulst in seiner rechten Achselhöhle trug. Die mikroskopische Untersuchung eines mittelst eines Explorativ-Troicarts entfernten Stückes ergab, dass dieselbe ein Myxosarcom sei. Sie musste mit der vorderen Fläche der Scapula zusammenhängen, da sie an allen Bewegungen derselben Theil nahm, musste aber auch mit den Gefässen und Nerven der Achselhöhle verwachsen sein, da der Patient über heftige Schmerzen im ganzen Arm und Schwäche der Musculatur derselben klagte, die Hand ödematös geschwollen, ihre Sensibilität herabgesetzt und der Radialpuls nur schwach zu fühlen war. Ohne Zweifel war hier die Exstirpation des ganzen Armes sammt der Scapula indicirt, weil ohne dieselbe eine vollständige Entfernung der Geschwulst nicht möglich erschien. Wenn Sie das Bild betrachten, so wird es Ihnen klar werden, dass an eine Beherrschung der Blutung durch Umschnürung mit dem elastischen Schlauche nicht zu denken war; aber auch eine Compression der Art. subclavia war nicht möglich, weil die zwischen Thorax und Schulter eingeklemmte Geschwulst das Schlüsselbein und das Schulterblatt so stark in die Höhe geschoben hatte und damit die Fossa supraclavicularis so sehr vertieft hatte, dass man die Pulsation der Subclavia durchaus nicht fühlen, geschweige denn dieselbe gegen die erste Rippe comprimiren konnte. Unter diesen Umständen beschloss ich, die Unterbindung der Subclavia der Operation vorauszuschicken, nachdem ich vorher den ganzen Arm mit elastischen Binden eingewickelt hatte. Ich resecirte zunächst die grössere laterale Hälfte der Clavicula und fand nun, dass die Stränge des Plexus brachialis in die Geschwulst hineintraten, Arterie und Vene aber von derselben soweit medianwärts gedrängt waren, dass sie senkrecht über die erste Rippe nach abwärts stiegen. Ich unterband nun zunächst die Vena subclavia doppelt und schnitt sie zwischen beiden Ligaturen durch, verfuhr dann ebenso mit der Arteria subclavia und durchschnitt darauf den Plexus brachialis. Hierauf bildete ich einen grossen vorderen Hautlappen und durchschnitt den Musc. pectoralis major vor der Achselhöhle; ein zweiter hinterer Hautlappen wurde bis zur Basis scapulae zurückpräparirt, von der ich dann rasch alle Muskeln, welche dieselbe mit dem Rumpfe verbinden (Mm. cucullaris, rhomboidei, levator anguli scapulae und serratus anticus major) abtrennte. Damit war die Exstirpation vollendet und zwar fast ganz ohne Blutverlust. Nur ein Paar kleine Arterien der durchschnittenen Schultermuskeln mussten unterbunden werden. Die grosse Wunde wurde drainirt, genäht und ein Carbolverband angelegt. Die Heilung erfolgte ohne besondere Zwischenfälle in zwei Monaten. Diese Abbildung (Fig. 2) zeigt Ihnen das Aussehen des Patienten nach Vernarbung der Wunde.

Ein dritter Fall, in dem ich die Exarticulation des Armes ausführen musste, betraf einen jungen Mann von 18 Jahren, der an der oberen Hälfte seines linken Oberarmes ein kindskopfgrosses Sarkom trug, welches in Folge einer heftigen Contusion der Schulter sich rasch vom Knochen aus entwickelt und bereits eine Spontanfractur desselben bewirkt hatte, als er im November

1874 in die Klinik aufgenommen wurde. Auch in diesem Falle
stellten sich der Anwendung der künstlichen Blutleere besondere
Schwierigkeiten entgegen, denn, wie Sie aus dieser Abbildung
(Fig. 3) ersehen, traten bei Erhebung des Armes sowohl der
Pectoralis major, als der Latissimus dorsi so stark hervor, dass
eine Compression der Art. axillaris durch den elastischen Schlauch
unmöglich erschien. Ich dachte zuerst daran, den Pectoralis mittelst eines starken Troicarts zu durchbohren und den Schlauch
durch die Oeffnung hindurch zu ziehen, entschied mich dann aber
dafür nach Einwicklung des Armes, den Muskel subcutan zu
durchschneiden, und konnte nun durch Umschnürung die Circulation
vollständig beherrschen. Als ich dann die Exarticulation mit
einem grossen äusseren und kleinen inneren Lappen ausführte,
floss zuerst gar kein Blut. Aber in dem Augenblick, als die Aus-
lösung des Gelenkkopfes vollendet war, bemerkte ich, dass der
Schlauch die Weichtheile wie einen Tabaksbeutel zusammen-
schnürte, aber nicht mehr die Arterie verschloss, denn der Beutel
wurde sogleich durch das hervorströmende Blut prall gefüllt.
Rasch riss ich den Schlauch herab und fasste mit Schieberpincetten
die Art. axillaris und die anderen spritzenden Gefässe. Aber
ehe ich die Unterbindung beginnen konnte, rief der Assistent,
welcher den Puls zu beobachten hatte, dass derselbe nicht mehr
zu fühlen sei. Der Patient war todtenblass, die Pupillen waren
weit, auch die Respiration hatte aufgehört. Wir legten schnell
den Oberkörper tiefer und suchten durch künstliche Respiration
das verschwindende Leben zurückzurufen, aber vergebens. Nun
liess ich die beiden unteren Extremitäten mit elastischen Binden
von unten auf einwickeln, und alsbald stellten sich Puls und
Respiration wieder ein. Die Gefässe wurden unterbunden, ein
Lister'scher Verband angelegt und der Patient in's Bett gebracht. Da indessen die Herzthätigkeit noch sehr schwach war,
so liess ich die elastischen Binden an dem einen Bein noch zwei,
an dem anderen noch drei Stunden liegen, bis sich der Patient
unter Anwendung von Reizmitteln wieder völlig erholt hatte. Die
Wunde heilte dann unter dem Lister'schen Verbande ohne besondere Zufälle; und wie der Patient bei seiner Entlassung aus-
gesehen hat, zeigt Ihnen dieses Bild (Fig. 4).

Ich habe mir aber aus diesem Falle die Lehre gezogen, dass

die Anwendung des elastischen Schlauches in derartigen Fällen nicht rathsam sei. Der Schlauch presst nämlich die Arterie gegen den Gelenkkopf an; die Wirkung desselben hört also auf in dem Augenblicke, wo die Exarticulation vollendet ist. Ich würde daher in einem ähnlichen Falle wieder zuerst die Art. subclavia unterbinden und dann erst exarticuliren. Der Schlauch ist nur dann anwendbar, wenn man, wie in meinem ersten Falle, zuerst die Amputation macht, dann die Gefässe unterbindet und nun erst das obere Ende des Knochens exarticulirt, ein Verfahren, welches bei Zerschmetterungen des Knochens im oberen Dritttheil gewiss sehr zu empfehlen ist.

Bei dieser Gelegenheit will ich noch erwähnen, dass die von Herrn Prof. Müller gegen Verblutungen empfohlene elastische Einwicklung der Extremitäten sich mir auch in einem anderen Falle als sehr erfolgreich erwiesen hat, nämlich bei einer alten Frau, welche bei der Exstirpation grosser Lymphome am Halse soviel Blut verloren hatte, dass sie vollständig pulslos geworden war; und wie ich höre, haben auch andere Collegen ähnliche Erfahrungen gemacht.

Ich möchte ferner noch einmal auf die grossen Vortheile der künstlichen Blutleere bei Operationen an den männlichen Geschlechtstheilen aufmerksam machen. Mit Hülfe eines dünnen Kautschukschlauches, den man zweimal um die Wurzel des Penis und Scrotum schnürt, und dessen Enden man zuerst auf dem Os sacrum kreuzt und dann vorn auf dem Bauch zusammenknüpft, lassen sich hier fast alle Operationen ohne Blutverlust ausführen. Erlauben Sie mir, Ihnen kurz eine solche Operation zu schildern, deren Ausführung ohne künstliche Blutleere nicht möglich gewesen wäre.

Im Anfang des vorigen Jahres kam ein alter, halb blödsinniger Mann in meine Klinik, der seit mehreren Jahren an einem Epithelkrebs des Penis gelitten, aber bisher niemals ärztliche Hülfe dafür gesucht hatte, bis endlich sein Zustand für ihn und die Seinigen ganz unerträglich geworden war. Der grösste Theil des Penis und die vordere Fläche des Scrotum waren in eine handgrosse, blumenkohlartige Wucherung verwandelt, welche eine grässlich stinkende Jauche absonderte, die seine ganze Umgebung verpestete. Tägliche Blutungen hatten den

Mann ganz anämisch gemacht. Der Urin wurde aus einem engen
Spalt in der Mitte der Geschwulst mühsam hervorgepresst. Die
Inguinaldrüsen waren an beiden Seiten stark geschwollen und bereits mit der Haut verwachsen. Ich gestehe, dass ich in früherer
Zeit nicht daran gedacht haben würde, den Mann zu operiren,
weil ich geglaubt, er werde den Operationstisch nicht lebendig
wieder verlassen, aber im Vertrauen auf die künstliche Blutleere
unternahm ich die Operation in der Hoffnung, den Unglücklichen
doch wenigstens für eine Zeit lang von seinen Qualen befreien zu
können. In der That war auch der unmittelbare Erfolg der Operation ein durchaus befriedigender. Mit einem langen, dünnen, klein-
fingerdicken Kautschukschlauch umschnürte ich zweimal den Stumpf
des Penis, der kaum noch ½ Zoll lang war, sammt der Wurzel des
Scrotum, kreuzte die Enden auf dem Mons Veneris, dann hinten
auf dem Os sacrum und knüpfte sie endlich vorn auf dem Bauch
zusammen. Dann entfernte ich mit dem Messer das ganze Ge-
wächs, den Penis und die vordere Fläche des Scrotum, dann die
beiden Testikel, ohne mehr Blut zu verlieren, als das, was sich
vorher in den abgeschnürten Theilen befand. Jedes Gefäss wurde
sorgfältig unterbunden, nachdem es durchschnitten war; und ich
mache darauf aufmerksam, dass es namentlich bei langsamer
Durchschneidung der Samenstränge sehr leicht ist jedes Gefäss,
als solches zu erkennen und mit der Schieberpincette zu fassen.
Als ich nun den Schlauch entfernte, kam nur sehr wenig Blut.
Ich exstirpirte dann rasch die Inguinaldrüsen an beiden Seiten,
sammt der sie bedeckenden Haut, nahm den Rest des Penis, so-
wie die Crura der Corpora cavernosa bis an ihre Anheftung an
den Schambeinästen hinweg, spaltete die hintere Fläche des Scrotum
bis an den Damm in zwei gleiche Hälften, nähte das Ende der
Urethra, welches gesund geblieben war, in den hinteren Winkel
des Spaltes fest, und bedeckte die grosse Wundfläche in der
Mitte und in den beiden Inguinalfalten mit den beiden Scrotallappen, welche schliesslich mit vielen Nähten angeheftet wurden.
Da der Blutverlust im Ganzen ein äusserst geringer gewesen,
so befand sich der Patient nach der Operation sehr gut. Die
Heilung erfolgte ohne irgend welche üble Erscheinungen: das Uri-
niren aus dem im Perinäum angehefteten Stück der Urethra war
ohne Schwierigkeit möglich; und die beiden Scrotallappen wul-

steten sich bei der Vernarbung so, dass man, bei oberflächlicher Betrachtung, weibliche Genitalien vor sich zu sehen glaubte. Leider sollte die Freude über den Erfolg der Operation nicht lange dauern. Schon war, nach vollständiger Vernarbung aller Wunden der Patient zur Entlassung in die Heimath bestimmt, als er plötzlich wieder bei hohem Fieber unter den Erscheinungen eines pleuritischen Ergusses erkrankte, rasch wieder sehr herunterkam und nach einigen Wochen im äussersten Marasmus zu Grunde ging. Bei der Section fanden sich beträchtliche Massen von Exsudat in den beiden Pleurasäcken und zahlreiche Krebsknoten in beiden Pleuren sowohl, wie in den Lungen.

Bei Exarticulationen und Resectionen im Hüftgelenk möchte ich im Allgemeinen der Compression der Aorta, wie ich im vorigen Jahre gezeigt habe, den Vorzug vor der Umschnürung der Hüftgelenksgegend selbst. geben, weil letztere bei der Ausführung der Operation bisweilen Hindernisse bereitet. Wenn die Compression der Aorta in einigen Fällen ohne genügenden Erfolg versucht worden ist, so hängt das, wie ich glaube, vorzugsweise davon ab, dass die Gedärme vorher nicht gehörig entleert worden waren. Ich lasse immer, wenn ich die Compression der Aorta anwenden will, den Inhalt des Darmcanals Tages vorher durch Ricinusöl und Klystiere möglichst ausleeren.

Auch über die Befestigung der Enden des Kautschukschlauches möchte ich noch eine Bemerkung machen. In den Fällen, wo ich den Schlauch noch anwende, bediene ich mich in der Regel der Kette, welche ich für meinen ersten Apparat angegeben habe. Da es aber bisweilen wünschenswerth ist, den Schlauch rasch zu lösen und ebenso rasch wieder anzuziehen, so habe ich versucht, dies auf folgende Weise zu ermöglichen. Ich liess mir ein kurzes hölzernes Rohr anfertigen, dessen Lumen der einzelne Schlauch gerade ausfüllt. Will man durch dieses Rohr beide Enden des Schlauches durchziehen, so kann dies nur unter so starker Dehnung geschehen, dass jedes Ende um die Hälfte dünner wird. Lasse ich nun mit der Dehnung nach, so werden beide Enden wieder so dick, wie vorher und klemmen sich beide im Rohr gegenseitig fest ein (Fig. 5). Sie sehen, dass dieser Verschluss durch einfaches Anziehen der Enden sich lösen lässt. Der Verschluss ist übrigens nicht ganz so zuverlässig, als man nach dem ersten Anblick glauben sollte, denn wenn der umschnürende Theil des Schlauches sich in sehr starker Spannung befindet, so zieht er allmälig eine Portion der eingeklemmten Enden aus dem Rohr heraus, und beherrscht dann plötzlich nicht mehr den arteriellen Zufluss. Es ist deshalb rathsam, die aus dem Rohr herabhängenden Enden noch durch einen Assistenten, oder durch eine Klammer oder Klemmzange fixiren zu lassen.

Auf demselben Princip beruht ein Apparat, den mir Mr. Foulis in Glasgow zugeschickt hat; derselbe besteht, wie Sie sehen (Fig. 6), aus zwei kurzen aneinander gelötheten Messingröhren, von denen die eine an der Seite geschlitzt ist. Durch das engere geschlossene Rohr wird der solide Kautschukstrang bis zur Mitte gezogen, und nachdem derselbe zweimal um das Glied geschnürt ist, werden die Enden unter Dehnung durch den engen Schlitz gedrängt, und klemmen sich, wenn man loslässt, hier gegenseitig fest.

Für den von mir angewendeten Schlauch muss das gespaltene Rohr natürlich ein grösseres Lumen haben, und ich finde, dass ein einfaches geschlitztes Rohr, wie Fig. 7., welches auf einer Messingplatte aufgelöthet ist, in der Anwendung bequemer ist, als das Doppelrohr von Foulis, weil es bei starker Spannung nicht so tief in die Weichtheile eindrückt, als jenes. Um die Fixirung des Schlauches zu sichern, kann man die Enden noch einmal umschlagen und in den Spalt drücken, so dass statt zwei Enden vier in demselben sich einklemmen. Diesen einfachen Verschluss wende ich jetzt in den Fällen, wo ich überhaupt den Schlauch noch gebrauche, fast nur an. Bei dünnen Gliedern und bei Kindern gebrauche ich, wie Herr von Langenbeck, zur Abschnürung ein Stück gewirkte Gummibinde und befestige das Ende derselben durch eine kräftige Sicherheitsnadel (safety pin, baby pin). Da ich aber gefunden, dass die jetzt meistens gebrauchten Sicherheitsnadeln aus Neusilber sich leicht verbiegen und dann plötzlich loslassen, so gebrauche ich immer die stählernen Sicherheitsnadeln, welche sehr viel sicherer halten. Da diese aber nicht überall zu haben sind, so will ich bemerken, dass dieselben von dem Nadlermeister Dubois in Düren bei Aachen in allen Grössen geliefert werden.

Zum Schluss nur noch eine Bemerkung zu der oft aufgeworfenen Frage, wie lange wohl grössere Körpertheile blutleer gehalten werden können, ohne dass es dem Patienten schade. Nach meinen Erfahrungen darf ich es aussprechen, dass die vollkommene Blutleere der beiden unteren Extremitäten während der Zeitdauer von 2¼ Stunden ohne Nachtheil ertragen werden kann, wie der folgende Fall beweist.

Im vorigen Jahre kam in meine Behandlung ein 14jähriger Knabe mit ausgedehnter Nekrose beider Tibiae und Vereiterung des linken Kniegelenkes. Der Patient war in Folge langer Leiden so sehr empfindlich, dass eine genaue Untersuchung der vielen Fisteln und des Gelenkes ohne Chloroform-Narkose nicht gut vorgenommen werden konnte. Nach dem Aussehen der Extremitäten vermuthete ich aber, dass durch Nekrotomie allein dem Patienten geholfen werden könne, und hatte dies auch den Eltern ausgesprochen, welche gegen eine Amputation protestirten und nach Ablieferung des Kranken in das Hospital wieder heimgereist waren. Nachdem beide Beine bis zur Mitte des Oberschenkels blutleer gemacht waren, begann ich an dem linken, mein Assistent Herr Dr. Keller an dem rechten Beine zu operiren. Die Schwierigkeit war viel grösser, als ich sie mir vorgestellt hatte; die Diaphysen beider Tibiae waren durchzogen von zahllosen, mit fungösen Granulationen ausgekleideten Gängen, in denen überall kleine abgestorbene Knochenstücke sich fanden. Wir mussten auf der Vorderfläche in der ganzen Länge die Haut und das Periost spalten, die ganze Tibia aufmeisseln und an vielen Stellen die Gänge bis an die Rückseite des stark verdickten Knochens verfolgen, um alle Sequester aufzufinden. Die linke Knie aber war nicht, wie ich gehofft hatte, nach Dislocation der halb luxirten Epiphyse der Tibia, ankylosirt, sondern es fanden sich auch hier inmitten der in fungöse Granulationen verwandelten Gelenkkapsel verschiedene spongiöse Sequester, und der Rest der Epiphyse war so osteoporotisch, dass sie mit dem scharfen Löffel fast ganz ausgeschabt wurde. Es blieb schliesslich nach Entfernung alles Erkrankten so wenig vom Knochen und Gelenk übrig, dass ich eine Amputation oberhalb des Knies gern gleich vorgenommen hätte, wenn mir die Eltern ihre Einwilligung hätten geben können. So musste ich mich damit begnügen, nach sorgfältiger Tamponnirung der ungeheuren Wunden mit Eisenchlorid, Watte und carbolisirtem Feuerschwamm, einen sorgfältigen Gypsverband am linken Beine anzulegen, um demselben die in Folge des grossen Substanzverlustes ganz verlorene Festigkeit zu ersetzen. Als alles Dieses zur Ausführung gebracht war, waren zwei und eine viertel Stunde verflossen, und im weiteren Verlaufe des Falles trat Nichts ein, was hätte vermuthen lassen können, dass die so lange dauernde Umschnürung geschadet hätte. Die nächsten Wochen verliefen ohne Störung des Heilungsprocesses, aber wie vorausgesehen, war die Eiterung aus der grossen Wunde des linken Beines eine so profuse, dass der Patient, dessen Constitution schon durch die vorausgegangene Eiterung sehr geschwächt war, sie nicht mehr aushalten konnte und immer mehr herunterkam. Unter diesen Umständen schlug ich den Eltern die Amputation des linken Oberschenkels vor, in Folge deren der Patient rasch wieder zu Kräften kam, so dass er nach vier Wochen als geheilt entlassen werden konnte.

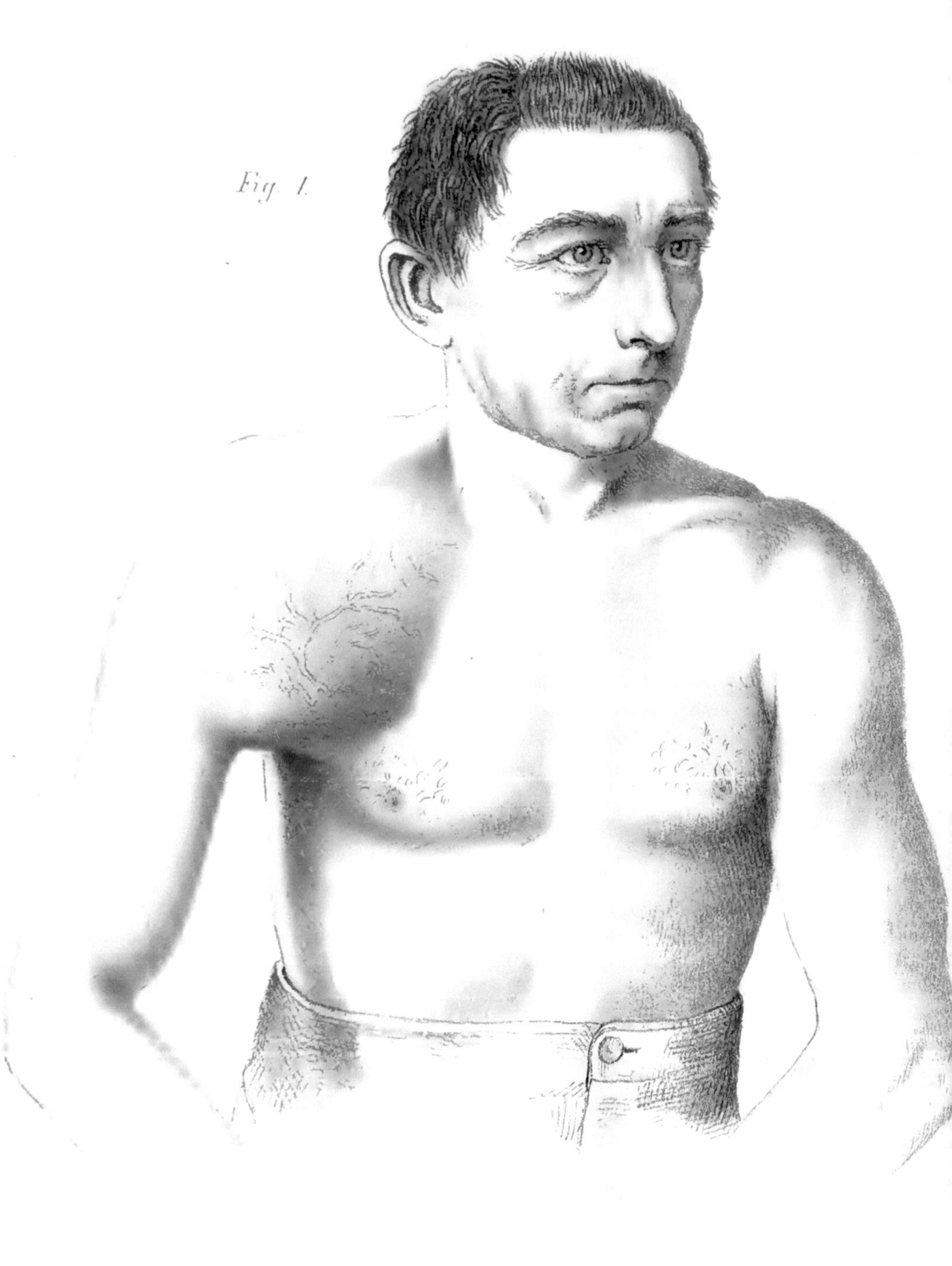

Fig. 1.

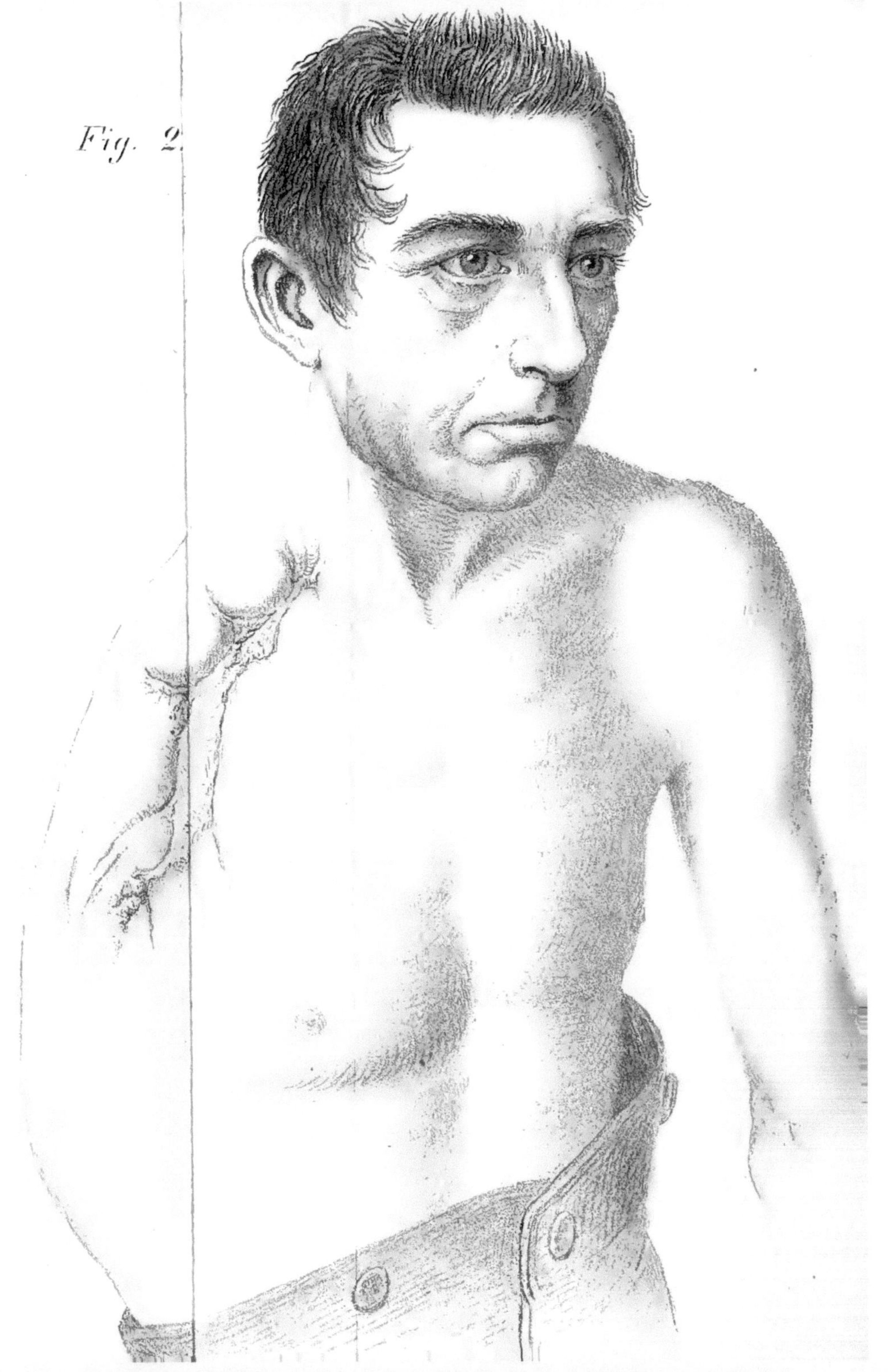

Fig. 2.

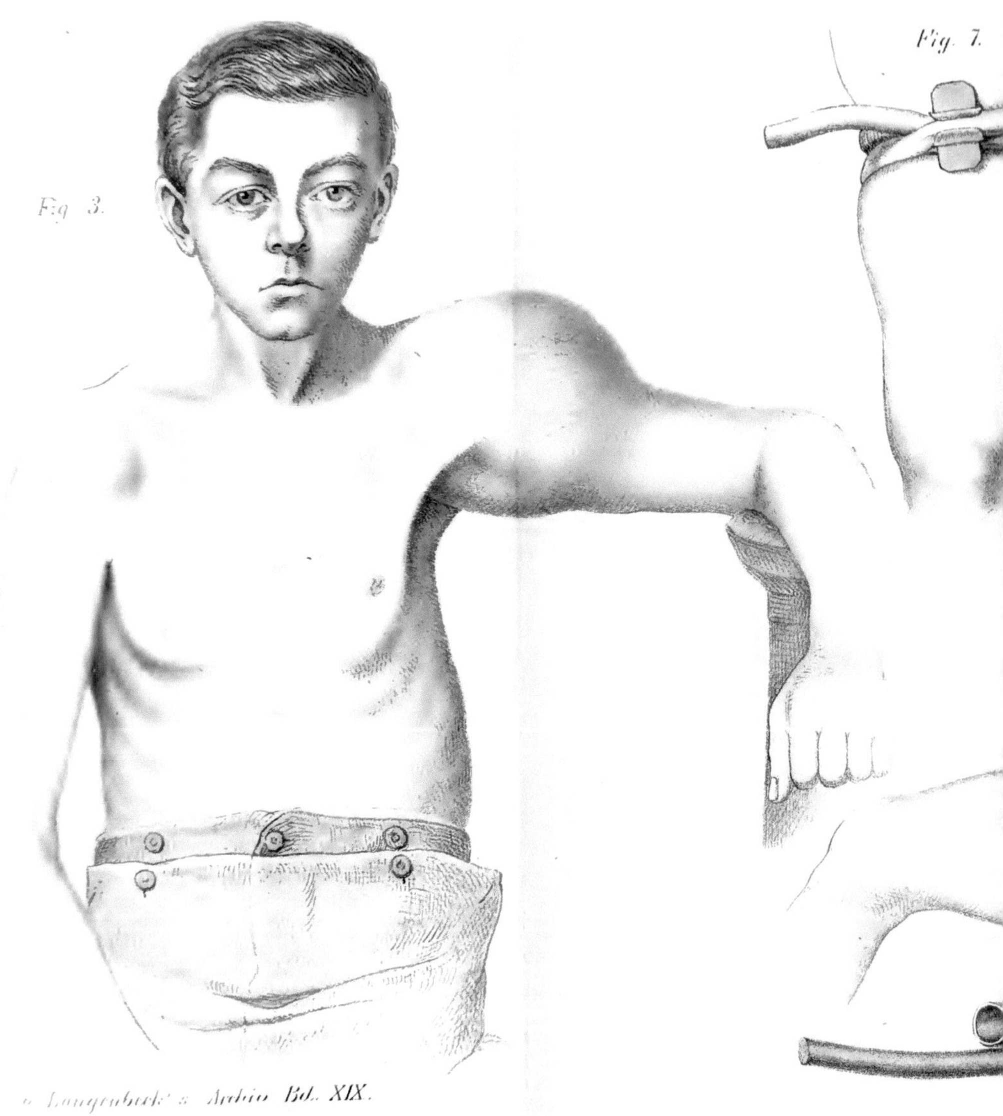

Fig. 3.
Fig. 7.

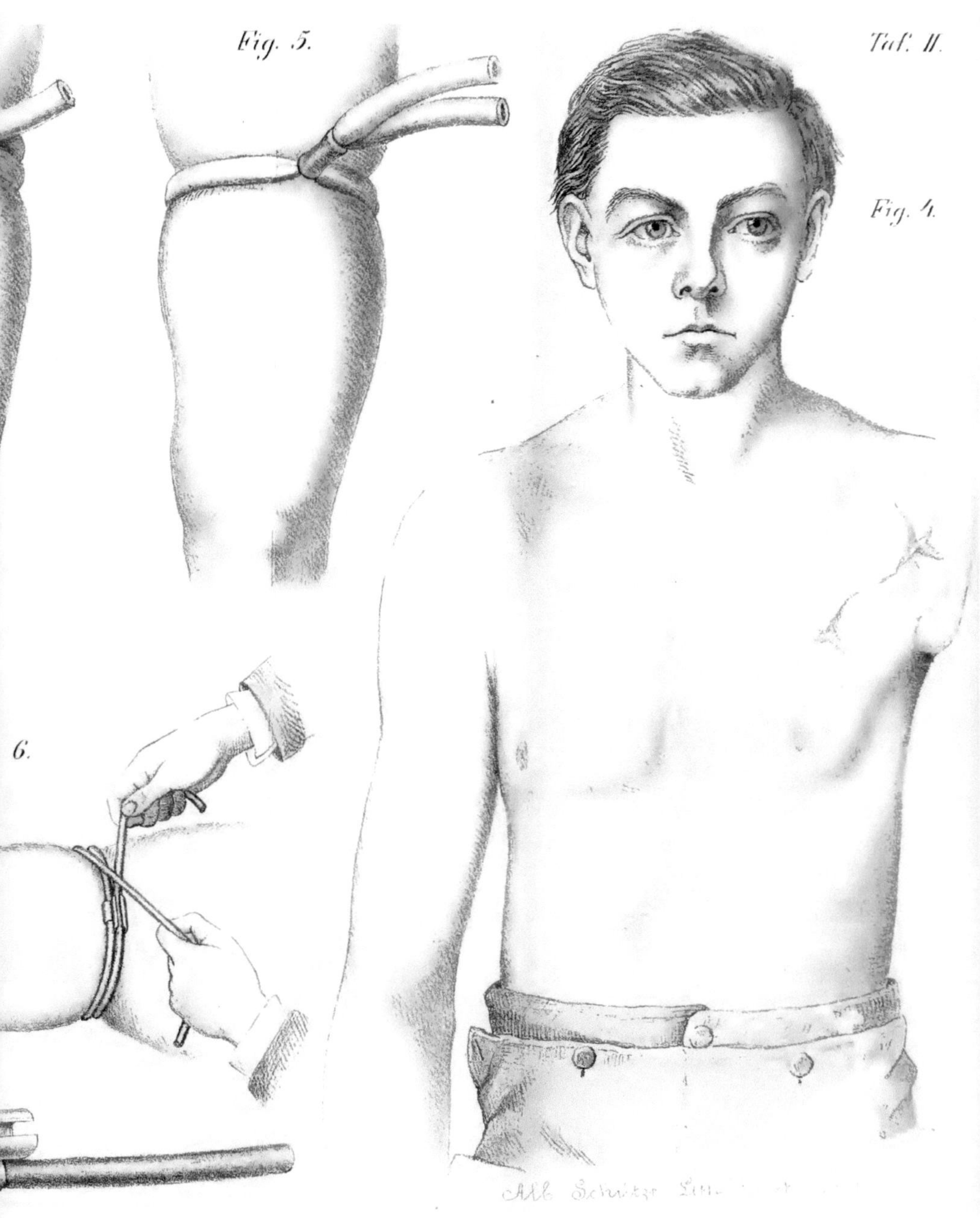

Fig. 5.
Taf. II.
Fig. 4.
6.